# 我真实的灵魂
# 犹如李子有核

## MAM OCZYWISTĄ DUSZĘ
## JAK ŚLIWKA MA PESTKE

### WISŁAWA SZYMBORSKA

［波］

维斯瓦娃·希姆博尔斯卡

著

林洪亮 译

中国出版集团　东方出版中心

STO
# POCIECH
WISŁAWA SZYMBORSKA
1967

## 一百种乐趣

(1967)

WISŁAWA SZYMBORSKA

WSZELKI WYPADEK

## 任何情况

(1972)

WIELKA LICZBA

WISŁAWA SZYMBORSKA

1976

# 大数目

(1976)

STO

# POCIECH

WISŁAWA SZYMBORSKA

1967

一百种
乐趣

# 写作的愉快

笔下的母鹿穿过纸上的森林想奔向何方？
是否想喝写在纸上的水？
水面就像一张复写纸，映出了它的嘴脸，
它为何抬起了头？是不是听见了声响？
它挺立在向真理借来的四蹄之上，
在我手指的抚摸下竖起了耳朵。
寂静——这个词在纸上沙沙作响，
也覆盖了这笔下森林的枝枝叶叶。

字母在白纸上飞跃跳动，
它们可以随意地排列组合，
组成团团围困的词句，
再也没有突围的生路。

一滴墨水蕴含着一大批
猎人，眯起了一只眼睛，
他们沿着陡峭的笔朝下飞奔，
围住母鹿，举起猎枪瞄准。

他们忘记了这不是真实的生活，
而是另一种黑字白纸的世界，
统辖这里的是别的法则。
我能让一瞬间维持尽可能长的时间，
还可以让飞行的子弹突然停住，
把子弹的飞行分割成许多小小的永恒。
如果我坚持，这里的一切都将永远不变，
没有我的意志，一片树叶也不会飘落，
一根草茎也不会在鹿蹄下弯曲。

那么，是否有这样的世界，
我能随心所欲地安排它的命运？
我能否用字母的链环锁住我们的时间？
是否真有一种永远听从我的存在？

写作的愉快
可以流传千古，
为凡人的手复仇。

# 终于
# 记起来了

我苦苦追寻的记忆终于回来了，
母亲找到了我，父亲也见到了我，
我梦见给了他们桌子和两把椅子。
他们坐下了，重又和我在一起，
他们为我而复活。他们的脸
在黄昏时刻像两盏灯
照得就像伦勃朗[1]的画中人一样。

直到现在我才能说出，
他们曾在多少梦里、多少人群中流浪。
我从车轮下面救出他们，
在多少次死亡的痛苦中，
有多少次从我的手中飞走。
梦突然中断——但又会扭曲着长出来，
荒诞不经迫使他们戴上了假面具。

---

1　伦勃朗 (1606—1669)，荷兰画家。

如果他们在我心中受到了伤害，

那么除了我之外，他们就不再受到伤害了。

我梦见一群坏蛋听见我在喊妈妈，

向着树枝上跳跃尖叫的东西，

还笑我父亲头上戴着一根绿带。

我因羞愧而醒来。


啊，某个普通的夜晚

终于来临。

那是在乏味的星期五和星期六之间，

我想见的那些人突然来到。

他们梦见自己已摆脱梦的束缚，

他们已不再听从别人而能自由支配。

画的背景已失去所有的可能性，

偶然性也缺少应有的形状。

只有他们才显示出美丽，

因为他们是那样的相似。

他们出现在我面前很久、很久，

而且又是那样的幸福。

我醒了，我睁开眼睛，
我触摸这个世界就像触摸
一个雕刻精美的相框。

# 风景画

在老画师的风景画中，
树根长在油彩的下面，
小路定能通到目的地，
草茎严肃地取代了签名，
现在正是确凿无疑的五点钟，
五月已被轻柔而坚决地扣住，
于是我也站住了，啊，是的，我亲爱的，
我就是那个站在桦树下的女人。

你看，我已经和你相隔有多远，
看看我戴的白帽，穿的黄裙，
看看我紧握篮子，以免从画中滑落，
看我在别人的命运中如何打扮自己，
在活动的秘密中停下休息。

尽管你大声呼叫我也听不见，
即使我听见了也不会转过身来，
即使我做了这个不可能的动作，

你的脸孔依然会让我感到陌生。

我知道六英里远近的世界，
我知道医治百病的草药和符咒。
上帝还在看我头上的一束发辫，
我也在祈祷不要让我突然死去。

战争是惩罚，和平是奖赏。
羞愧难堪的梦出自恶魔。
我有真实的灵魂犹如李子有核。

我不知道心灵的游戏，
我不知道孩子的父亲赤身裸体，
我不会去指责歌中之歌，
手稿是那么乱，那么脏，
我想说的话都已把字句准备好，
我不会绝望，因为绝望和我无关，
只不过是委托我严加保管。

尽管你想挡住我的路，
尽管你盯着我的双眼，
脸上有一条细如发丝的皱纹。

右边是我的家，我对周围了如指掌，
还有它的楼梯和通向中心的大门，
那里曾发生过许多未曾描绘的故事。
一只猫跳上了椅子，
阳光照射在铅壶上，
桌旁坐着一个骨瘦如柴的男人，
正在修理他的钟表。

# 相 册

这个家庭里没有人死于爱情，
那里普普通通，没有神话可言。
一个是患肺病的罗密欧？
一个是患白喉的朱丽叶？
有些人甚至活到老态龙钟，
没有人因为一封浸满泪水的信
得不到回音而牺牲！
每到最后，邻居们总是
带着玫瑰和夹鼻眼镜出现。
而当情妇的丈夫突然归来，
谁也没有被勒死在典雅的柜子中！
即使这些紧腹带、围巾和褶裙，
也不妨碍他们任何人去照相，
心里从未想过地狱里的博斯！
也从未有人拿着手枪跑进果园！
（他们因头颅中弹而死，那是另有原因，
并且是死在战场的担架上）
就连那个有着迷人的圆发髻

和舞会后眼睛发黑的女人，

也是由于大出血才离开了尘寰，

决非由于悲伤和你这个舞伴。

也许有人在使用达盖尔银版法拍照之前，

不过在相册里的那些人，据我所知，

还没有一个人死于爱情。

悲伤烟消云散，岁月飞驰而去，

令人欣慰的是他们都死于感冒。

# 微 笑

我当然认识她
——我也曾是个姑娘。
我有她的几张相片,
来自她短暂的一生。
我对她写的几首诗
表示过善意的怜悯。
我还记得几件事情。

但是,
为使这个和我在一起的男人
能开怀大笑,将我拥抱。
我只想讲讲这样一个小故事:
关于这个年少的丑小鸭
情窦初开的爱情。

我想讲一讲
她爱上了一个大学生,
她只是希望

他能看她一眼。

我想讲一讲
她如何去迎接他，
在她好端端的头上缠着绷带，
唉，她只是想让他问一声：
你出了什么事情？

有趣的小姑娘，
她怎能知道，
连绝望也会带来益处，
如果美好的机遇
能让她活得更长。

我很想让她自己去买食品，
我想让她去看电影，
去吧，我没有时间。

你不是也看见
灯光已经熄灭，
你也该懂得
大门已经关闭，
不必去扭动门把手——
那个开怀大笑的人，
那个拥抱我的人，
并不是你的那个大学生。

你从哪里来，
最好回到哪里去。
我和你并无瓜葛，
只是个普通的女人。
仅仅知道，
什么时候
去揭穿别人的秘密。

不要这样望着我们，

你的那双眼睛，
瞪得滚圆的
像死人的一样。

# 火车站

我没有到达 N 城，
按照我原先的安排。
一封未寄出的信，
向你发出了预告。

你也没有前往车站，
在那约定的时刻。

火车停在第三站台上，
众多的乘客纷纷下车。

在走向出口的熙熙攘攘人群中，
并没有我这个人。

有几个匆匆忙忙的女人，
代替了我在
人流中的位置。

我不认识的一个汉子，
急忙奔向其中的一个女人，
那女人也立即认出了
她的这位男人。

他们热烈地交换了
不是我们那样的亲吻。
就在这时候丢失了一只不属于
我的箱子。

N 城的火车站，
经受住了
客观存在的考验。

整座火车站屹立在原地上，
而一列列火车却在
指定的轨道上飞奔。

就连那对男女的会见，
也发生在预先的安排之中。

却超出了
我们存在的范围。

出现在可能存在的
失乐园中。

不在这里，
不在这里。
多么动听的话语！

# 活着的

我们不过是在拥抱，
我们拥抱的是个活体。
只有心的跳动，
才在体内生存。

为了沮丧的黑蜘蛛，
我们雌性的同类，
她没有被吞噬。

我们允许她的脑袋
千百年来都受到垂爱，
倚靠在我们的肩膀上。

由于千百种非常混乱的原因，
我们都按照习惯，
去倾听她的呼吸。

置宗教神秘剧于不顾，

从罪恶中解除武装，
从女性威胁中脱身。

有时只有指甲
在发亮、抓痒、缩起。

他们是否知道，
或许也能猜到，
其财产只有最后一块银子？

她早已忘记
在我们之前逃走。
她不知道什么是
肩上的多眼怪物。

她的外貌
像是刚刚出生的婴儿。
但她完全源自我们，

整个都是属于我们。

在她的脸上
是睫毛祈求的阴影，
在肩胛骨中间
是流下的汗水。

我们现在就是这般模样，
也是进入梦乡的样子。
满怀信念，
在已逾期的死神的拥抱中。

# 出 生

原来这瘦小的女人
就是他的母亲，
一个灰眼睛的创造者。

一条多年前他
驶向对岸的船。

他就是从她那里
来到了世上，
成了普通人。

她就是那个男人的母亲，
我曾和她一起跃过大火。
原来这就是她，
唯一不把他看成是
现成的、完整的
而选择了他的人。

她亲自抓住了他，
抓着我所熟悉的皮肤，
再把他安置在
那躲避着我的骨头上。

只有她辨认出了
他那灰色的眼睛，
他就是用这灰眼睛来望着我。

原来这就是她。他的第一个字母，
为什么他要把她拿给我看？

他出生了。
原来他也是胎生的，
像所有的人一样，
也会像我一样死去。

一个真正女人的儿子，

一个出自身体深处的新来者，
一个朝最后终点
走去的旅人。

他担心自己缺席，
这缺席来自
任何地方，
任何时候。

而他的脑袋，
是个碰击墙的脑袋，
但这墙到了时候才会倒塌。

而他的举止行为
是对普通法令的违背。

我明白，
他已走过一半路程。

但他没有把这事告诉我，
他没有。

这是我母亲，
他只对我说了这一声。

# 人口普查

在特洛伊屹立的山丘上，
挖掘出七座城市。
七座城市。

为了一部史诗，
即使六座也已太多。
拿这些城市怎么办？怎么办？
六脚韵诗胀裂了，
从裂缝中露出了非情节的砖。
墙体在无声电影的寂静中倒塌，
变成焦炭的木板，挣脱的锁链，
水罐已喝得底朝天了，
多产的护身符，果园的种子，
还有可触摸的颅骨犹如皎洁的月亮。

我们经历了漫长的古老岁月，
一直都是那样的熙熙攘攘。
野蛮的居民在历史征途上推挤，

刀光剑影、血肉横飞的军团作战，
赫克托的其余兄弟同样勇猛，
成千上万张形态不同的脸孔。
在时间上每张脸既是最初又是最后的，
而且每张脸都有一双独一无二的眼睛，
如此的轻盈，如此的悲伤，
如此的超脱，都无人知晓。

如何对待他们，为他们提供什么？
迄今为止哪个世纪的人口最少？
只是对金银工艺技术的一般承认？
末日审判的确已经太晚，
我们是三十亿的法官，
都有自己的事情。
这是不善言辞的平民、
车站、运动场和游行队伍，
还有许多街道、楼房和墙壁。
我们在百货商场走过了永恒，

还买了一个新的水罐。

荷马在统计局里工作，

但谁都不知道他在家里干什么。

# 卡珊德拉[1]的
# 独白

这是我，卡珊德拉，
这是躺在灰烬中的城市，
这是我用来预言的手杖和丝带，
这是我充满怀疑的脑袋。

这是真的，我获得了胜利，
我的公正有如火光直冲天际。
只有无人会相信的预言家们
才会看到这样的情景。
只有那些做事马虎的人
才会把一切完成得这样快捷，
仿佛这些事物和他们无关。

如今我还清楚地记得，
人们一看见我便沉默不语。

---

1 卡珊德拉是古希腊神话中的女预言者，特洛伊王普里阿摩斯和赫卡柏
之女。

停止窃笑，

松开双手。

孩子朝母亲跑去，

我甚至不记得他们常变的名字。

还有那首有关绿叶的歌曲——

谁都没有在我跟前将它唱完。


我曾爱过他们，

但我的爱出自高处，

超越于生活之上。

是从未来的角度，那儿永远是虚无，

但是那里能更容易地看见死神。

我抱歉，我的声音太生硬。

你们就从星星上看看自己吧——我喊道——

你们就从星星上看看自己，

他们听见了，低下了眼睛。


他们在生命中生活，

受到大风的鼓胀，

他们是命中注定。

从刚出世就生活在离别的躯体中，

但他们身上有着某种潮湿的希望。

那是摇曳不定的火光，

他们知道一瞬间意味着什么，

即使是那么一瞬间，

在此之前——我已经说过

从这里得不出任何结果。

这是我的被火烧毁的衣衫，

这是我的预言家的用品，

这是我的被扭曲的脸孔，

它不知道自己还会变得更俊俏。

# 一件拜占庭的
# 镶嵌工艺品

——特奥特罗庇亚夫人。

——特奥顿德罗陛下。

——啊，你美如天仙，我的小俊脸。

——啊，你多么英俊，我的紫嘴唇。

你的身材多么姣美，
犹如披上衣裙的花瓶，
只要把衣裙脱去，
就会引起整个帝国的轰动。

你是多么忧心忡忡，
我的丈夫，我的主人，
我的身影依附着你的身影。

我非常喜欢抚摸

我夫人的纤纤手掌。
就像抚弄外袍上
被镶嵌的棕榈枝。

——但是，我多么想飞升天空，
以祈求苍天对我们儿子的怜悯，
因为他不像我们，啊，特奥顿德罗。

这样的灵魂，特奥特罗庇亚，
怎么能出生
在我们这样
高贵的宫廷？
你听着，我承认
我给你生了个罪人。
他像小猪一样光溜，
长得又胖又调皮，
全身都皱皱巴巴，
终日围绕着我们。

——他两腮丰满吗？
——丰满。

——他贪吃吗？
——贪吃。

——他喝带奶的血吗？
——那是你说的。

修士大祭司有什么主意，
这位精通神学的大伟人？
遁世者又有什么办法，
这个神圣的骷髅？
你们能否从丝绸中，
解脱这个小精灵？

一切都靠神的力量，
当他看到

这孩子的畸形，
变形的奇迹便会发生。
你不要大叫大喊，
难道你不怕他过早地惊醒？

我们是生活在悲惧中的一对，
你前头走吧，特奥特罗庇亚。

# 砍 头

短领衣来自德科罗，
德科罗的意思就是砍头。
苏格兰王后玛丽·斯图亚特，
她穿着合身的衬衫来到断头台，
那衬衫露肩袒胸，
红得有如鲜血染成。

就在同一时间，
在一间远离人群的房间里，
英国女王伊丽莎白·都铎，
身穿白衣，站在窗前，
她得意地将衣领在颔下扣紧，
顶边上是浆过的高领。

她们一起在想：
"上帝怜悯我吧！"
"公正在我这边！"
"活着就是欺骗。"

"在一定条件下，猫头鹰是面包师的女儿。"
"这件事永远不会结束！"
"这件事已经完结。"
"我在这里干什么，
这里什么也没有！"

衣服的差别——啊，是的，
对此我们深信无疑。
至于细节，
那是永不改变的。

# 圣母抱婴图

在英雄出生的小城，
我们参观纪念碑，赞美它的雄伟，
惊跑了空荡的博物馆门前的两只母鸡，
找到了那位母亲居住的地方，
敲敲门，推开了嘎吱响的房门，
她身板挺直，头发光溜，目光炯炯。
我们对她说，我们来自波兰，
向她问候，大声而清楚地对她提问。
是的，她非常爱他；是的，他总是那样；
是的，那时她正站在监狱的墙外；
是的，她听见了枪声。
后悔没有带录音机
和摄像机，是的，她知道这些玩意儿。
她曾在广播时朗读过他最后的一封信，
也曾在电视上唱过古老的摇篮曲。
有一次她甚至还在电影院演出过，
面对着强弧光灯，她流了眼泪。
是的，回忆使她心情激动。

是的，她有些疲劳；是的，这会过去的。

我们站起身来，说声感谢，告别再见，走向门外，
在过厅里和另一群游客擦身而过。

# 无辜

起始于用人的头发做毯子，
格尔达，艾里卡，也许还有玛格利达。
她不知道，她真的对此一无所知。
这样一类的消息，
既不向外传，也不会接受。
希腊的复仇女神过于公正，
她们的那种肤浅的夸大，
今天也许会激怒我们。

伊尔马，布里吉塔，
也许还有弗雷德里克，
年纪二十二岁或者稍大一些，
他会出外旅行所需的三种外语。
他工作的公司派他出去推销，
用人造纤维织成的高级毛毯，
贸易能让各国人民接近。

贝尔达，乌尔里卡，

也许还有希德加塔，

她不漂亮，但高大苗条，

她的脸、颈、胸部和臀部

都非常丰满而又青春焕发。

赤着脚，欢快地走在欧洲的沙滩上，

披散着金色的头发，长至膝盖。

我不建议你剪掉——理发师对她说——

剪掉一次，就再也不会长得这样又密又长。

请你相信我，

这是经过检验的事情，

成千上万次[1]。

---

1 原文为德文。

# 越 南

女人，你姓什么？ ——我不知道。

你生于何时，来自何地？ ——我不知道。

你为何要给自己挖个地洞？ ——我不知道。

你一直都藏在这里？ ——我不知道。

你为什么咬我的手指？ ——我不知道。

难道你不知道我们并不想伤害你？ ——我不知道。

你站在哪一边？ ——我不知道。

现在是战争，你必须作出选择 ——我不知道。

你的村庄还存在吗？ ——我不知道。

这些孩子是你的吗？ ——是的！

# 写于旅馆

京都很幸运，
宫殿也幸运。
飞檐的屋顶，
阶梯通上下，
古老又迷人，
呆板又生动，
均是木构成，
有如从天庭
落到了地上。
京都是座美丽城，
美得令人热泪盈眶。

这是一位先生
流下的真实的泪水，
他是个文物古迹的
专家和爱好者。
他在决定性时刻，
在绿色桌子旁

大声疾呼。
不是有许多更差的城市吗？
于是他在自己的座位上，
突然放声大哭。

京都就这样得救了，
它要比广岛更华丽，
但这已是过去的历史。
我不能老是想到它，
也不能老是去询问：
以后怎么样，以后怎么样？

我每天都相信永恒，
相信历史的前景。
我不善于在不断的威胁中
去啃吃苹果。

我听说，这个或那个普罗米修斯，

戴着救火员的头盔走来走去，
为自己的子孙感到欣慰。

我在写这些诗句时
就在不停地考虑：
他们的情况如何——
过了这么多年
他们还是那么可笑。

有时只有恐惧
将我围绕，
在旅途中，
在陌生的城市。

墙是砖砌成的普通的墙，
塔是古老的塔，
那飞檐下面的灰泥也早已脱落，
新住宅区的居民小屋也已倒塌。

什么也没有，
只有一棵无助的小树。

这位敏感的先生，
这位专家和爱好者，
他在这里做什么？

他在为石膏神像而惋惜，
为工厂制造的古典胸像
唉声叹气。

现在只是偶尔来到这座城市，
它和其他城市都是一模一样。
住在旅馆的单人房间里，
面对着排水管的景观，
还听见星空下的一只猫
发出婴儿般的哭叫声。

在这座人口众多的城市，
人多得胜过茶壶上、瓷碗上、
盘碟上和屏风上的人像。

对于这座城市，
我只知道这么一点：
就是它不是京都，
绝对不会是京都。

# 六十年代
## 电影


这是个成年男人，是个住在地球上的人。
有一百亿个神经细胞，
有三百克的心和五公升血，
这样的主体产生于三十亿年前。

最初他以小孩的形象出现，
这小孩把脑袋靠在他姑妈的膝上。
小孩在哪里？膝盖又在何方？
小孩长大了，和原先大不一样。
这些镜子像跑道一样可怕而光滑。
昨天他越猫而过，是的，这主意不错，
这猫已从这个时代的地狱中解放出来。
轿车中的姑娘皱着眉头看了一眼，
不，她没有他想要的膝盖，
而他正躺在沙滩上轻轻呼吸。
他和这个世界毫无共同之处。
他用取下的陶罐耳朵来感觉，
尽管陶罐什么也不知道，

还一直盛着水。

这令人深思。
有人依然在辛勤工作，
这房子已建好，这是雕刻过的门把，
这是一棵嫁接的树，马戏团在演出。
他想把这个整体保持完整，
尽管它是由一块块物体拼成。
为人类痛苦而流下的眼泪
像胶水那样又沉又浓。
但这一切都发生在背景上及其两旁，
里面是可怖的黑暗，小孩就在那黑暗中。

幽默之神啊，你必须要为他做点事情。
幽默之神啊，你终于要为他做点事了。

# 来自医院的
# 报告

我们抽签，决定谁去看他。
我正好抽着，便从桌旁站起，
医院里的探视时间快要到了。

他对我的问候不置一词，
我想握他的手，他把手缩回，
就像一只饿狗咬着骨头不放。

他的神态像是羞于死亡，
我不知道该如何同他交谈，
我们的眼神像影片剪辑一样闪过。

他没叫我坐下，也不要我离开，
也没问我们这些人的情况，
没有问起你，博莱克。也没有问起你，
托莱克。还有你，罗列克，也没有问起。

我感到头痛，到底谁先死还不一定。

我赞美医药和瓶里插的三朵紫罗兰，
我向他谈起了太阳和太阳的西沉。

多么好啊，有阶梯可以跑走，
多么好啊，有敞开着的大门，
多么好啊，你们还在桌旁等我。

医院的气味直把我熏得作呕。

# 群鸟
# 回飞

这个春天，群鸟又过早地飞回来了，
高兴啊，理智，本能也会犯错误。
快停下，一不小心——就会掉进雪中，
它们死得可惜，死得有负于它们
天生的喉咙和构造完美的爪子，
精细的软骨和细腻娇弱的外皮，
心脏的网络和迷宫般的内脏，
还有像纵向炮火似的肋骨和脊椎，
以及值得在工艺品博物馆
开设专门展台的羽毛，
连同具有牧师耐心的喙。

这不是悲泣，这只是愤怒，
它们是真正蛋白质的天使，
是具有美妙歌声和腺体的风筝。
在空中，只有一个，手边却数不清，
网状的血管连接成一个
时间和空间的共同体，

有如色彩斑斓的翅膀的古典艺术品——
落下，躺在大石的旁边。
以其古老而简朴的方式，
望着生活就像望着被否定的尝试。

# 托马斯·曼

亲爱的美人鱼，必定是这样，
亲爱的农牧神和尊敬的天使，
进化已坚决地把你们抛弃了。
这并非缺乏想象，而是因为
你们的泥盆纪的尾鳍和淤积的胸脯，
你们长有指头的手和分趾的脚掌，
你们的双肩也不能代替翅膀，
你们的——想起来可怕——双重的骨骼，
还有你们的不合时宜的尾巴
和因固执而伸出来的尖角，
古怪的鸟嘴，这些变形的杂种，
这些拼合板，这些诗句的对韵，
把人与白鹭装扮得那样华丽，
能飞、能预知一切而又永生不死。
——你们自己也承认，这是玩笑，
是永远的过度，是无穷的麻烦，
而大自然不想也不会有这样的麻烦。
的确，不允许某些鱼类会飞，

以其挑衅性的技能。

每次飞升
照理都很快乐，这是出自
普遍必然的照顾，这是比必然
更为丰富的礼物，以便让
世界成为世界。

不错，这会达到一种豪华的场面，
如同鸭嘴兽给幼崽喂奶。
大自然也许会反对——我们之中谁会发现
自己已被抢劫？

最好不过是
哺乳动物出现的那一刻，
他的手上突然握着一支鹅毛笔。

# 眼镜猴

我是眼镜猴，眼镜猴的儿子，
眼镜猴的孙子和曾孙。
我是小动物，由两个大眼睛
和其他必不可少的部件组成，
在加工过程中奇迹般地得救，
因为我不能做出任何的佳肴，
用作衣领则有更大动物的皮毛，
我的腺体也不能给人提供幸福，
没有我的肠子，音乐会照样举行。
我，一只眼镜猴
蹲在人的手指上活泼可爱。

早安，尊敬的阁下，
你无须拿走我的任何东西，
但你应送给我什么？
你用什么来嘉奖我以显示你的慷慨？
你怎样来估价我这个无价之宝，
为了得到你的微笑而弄姿作态？

伟大而又善良的先生——
伟大而又仁慈的先生——
如果没有小动物的死亡，
谁又能对此加以证实？
也许你们自己能够证明？
但是你们对自己的了解
足够你们度过一个星星起落的无眠之夜。

只有我们这些珍稀的动物，
才没有剥去皮、剁去骨、拔去毛，
我们的刺、鳞、角和獠牙，
以及那些由实用的蛋白
所产生的物质才受到尊重。
我们是——伟大的先生——你的梦，
能让你暂时摆脱罪行。

我是眼镜猴，眼镜猴的父亲和祖父，
一个小动物，几乎只是别的动物一半，

然而作为动物并不比别的动物逊色。

我很轻灵，小小树枝就能把我托起，

也许我早已进入天庭，

如果不是因为

我那颗敏感的心，

一次次地感到沉重。

我是眼镜猴，

我知道成为眼镜猴是多么重要。                    .

# 星期天对心说

感谢你，我的心，
既不缓慢，也不急速，
既无赞扬，也无褒奖，
出于天生的勤奋。

你每分钟有七十次奉献，
你的每一次跳动，
就像把一只小船
一步步推入海中，
踏上环绕世界的征程。

感谢你，我的心，
一次又一次
把我从整体中拉了出来，
甚至在睡梦中。

我关心我不会在梦中飞走，
飞走，

这样的飞走不需要翅膀。

感谢你，我的心，
我重又醒了。
尽管今天是星期天，
是休息的日子，
但是你在我的胸中，
依然和休息日前一样跳动。

# 杂技
# 演员

从一个高空秋千荡到
另一个，鼓声擂响，
擂响，戛然鼓停，
鼓停，一片静寂，跨越，
跨越惊险的高空。比体重，
比体重更轻灵，此时的身体，
身体还来不及坠落。

独自一人，或比一个人更少，
更少，因为残缺，因为他缺少，
缺少翅膀，他是如此艰难地缺少，
缺少，迫使他穷迫地飞翔，
没有双翼，赤裸裸的，
只能集中全部精力。

费劲的轻巧，
坚忍的灵敏，
精细的感悟。

你看他

猛地窜入空中，你知道

他从头到脚都是戏，

你看他如何狡猾地

变换着原先的姿势，

将这个摇晃的世界紧握在手中，

把自己身上新生的双臂伸开。


超乎一切的美，就在这一瞬间，

就在刚刚逝去的那一瞬间。

# 旧石器时代的
# 生殖崇拜


伟大的母亲没有面孔，
伟大的母亲要面孔有什么用，
面孔不能真实地归属于躯体，
面孔讨厌躯体，不是神的面孔。
破坏了那神圣的整体性。
伟大母亲的形象就是挺个大肚子，
肚子中间是个瞎了的肚脐眼。

伟大的母亲没有脚掌，
伟大母亲要脚掌干什么。
她是想到各处去转转，
她到世界各地去干什么。
她想去的地方都去过了，
守护着工作室，皮肤绷紧。

这是世界吗？那很不错。
它很丰裕吗？那就更好。
孩子们要跑到什么地方去，

他们为何要抬头？真美，
至于这个世界，
当人们熟睡时它也存在，
它是否整个都被夸大了？
是不是永远，连背后都有？
从他这方面来说很多、特多。


伟大的母亲刚刚好有两只小手，
两只慵懒地交叉在胸上的纤手。
她给孩子们以生命，
她向生命祝福！
双手的唯一任务
就是在天地之间，
无论遇到任何情况，
都要坚持下去。
这种情况从未发生，
内容上的曲线，
就是装饰的滑稽可笑。

# 洞 穴

墙上什么也没有，
只有散发的潮气，
这里又黑又冷。

但黑暗和寒冷
是在火熄灭之后。
空无一物——除了一头
用赭色绘成的野牛。

空无一物——不过是
一种过时的长期反抗之后
俯首屈从的虚无。
因而是一种"美丽的虚无"，
值得用大写的字母。
反对日常生活空虚的异端邪说，
冥顽不化而又傲慢。

空无一物，只有我们，

以前曾来过这里，

吃着自己的心，

喝着自己的血。


空无一物。

只有一种

我们没有跳过的舞蹈。

首先受到火光的照耀

是你的大腿、双手、肩膀和脸颊，

我那神圣的肚子

第一次被小小的压力填满。

寂静——是在声音之后，

它不属于迟滞的寂静系列，

而是一种以前拥有的喉咙、

笛子和鼓的寂静，

与嚎叫和微笑融合在一起，

像一棵被嫁接的树。

寂静——然而是在
被眼睑增强了的黑暗中。
黑暗——却是在一种
刺骨刮肤的寒冷中。
而寒冷——却是一种死亡般的寒冷。

也许这些发生在地球上？
或许发生在天上，在第七重天上？

你的头脑已摆脱空无，
你多么想知道。

# 动 作

你在这里哭泣，他们在那边狂舞。

在你的眼泪中狂舞。

在那边尽情地狂欢滥饮，

他们对什么都不知道。

只有镜子在闪闪发亮，

只有燃烧发光的蜡烛，

只有阶梯和走廊，

像是套袖，像是手势。

这个氢氧化合的花花公子，

这些氯与钠的化合物，

还有那个纨绔子弟氮气的浪荡鬼。

他们都在圆顶下面，

欢歌狂舞，旋转不停。

你在这里哭泣，是在为他们伴奏，

这是一首小夜曲[1]。

你是谁，你这戴面具的美人？

---

1 原文为德文。

# 一百种
# 乐趣

他想要幸福，
他想要真理，
他想要永恒，
你们就观其行吧！

他刚刚能分清梦境和现实，
也仅能分辨出他就是他，
刚刚用他一只像鳍似的手
做成一块燧石和一枚火箭，
很轻易淹死在一勺的海水中，
要嘲笑空虚，反而显得不可笑。
他只能用眼睛观看，
他只能用耳朵倾听，
他说话创造的记录是有条件的：
就是用论据去反驳论据。
总之一句话，他是个无名之辈，
但他满脑子都是自由、存在和全知，
在他的愚蠢的肉体之外。

你们就观其行吧！

因为他似乎真的存在，
但他实际出现在
一颗偏远省份的星宿之下。
他有自己的特色： 生气勃勃，精力旺盛。
考虑到他是个劣质晶体的产物——
他自己装出一副惊奇的严肃神态。
考虑到他在兽群中度过的艰辛童年——
他现在出落得像个人样。
你们就观其行吧！

只要这样做下去，哪怕是再干一会儿，
哪怕再干小星星眨眼的一瞬间！
就能让我们大致猜想到，
他会成为什么人，既然他现在已是这样。
而且他是这样——固执，
非常的固执，这是不容否定的。

他鼻孔带着环，身着长袍和圆领毛衣。

一百种乐趣，无论如何，

上帝保佑，

他是个真正的人。

WISŁAWA SZYMBORSKA
WSZELKI WYPADEK

1972

任何
情况

# 自体分割

## ——纪念海利娜·波希维亚托夫斯卡 [1]

海参遇到危险就把自己分为两段，
一半投降，让世界吞噬，
另一半则用来逃匿。

它骤然裂开，分裂成毁灭和得救，
惩罚与奖赏，分裂成过去和未来。

海参从躯体中间裂开一道深渊，
深渊两边立刻成了互不相识。

一边是死，一边是生，
这边是绝望，那边是希望。

如果有天平，两端一样平，

---

1　海利娜·波希维亚托夫斯卡 (1935—1967)，波兰当代女诗人，以写爱情
抒情诗著称。

如果有正义，就在平衡中。
只死去必要的部分，它从不过分，
再长出必要的部分，从得救的余体中。

我们也能分裂自己，啊，真的，我们也会。
但只能分裂成肉体和一句中断了的悄语，
分裂成肉体和诗歌。

一边是喉咙，另一边是笑声，

笑声轻柔，很快就消失了。

这边是沉重的心，

那边不是完全死亡[1]，

---

1　加点的词原文是拉丁文。

三个小小的词犹如三根飘飞的羽毛。

鸿沟没有把我们分割为二，
只是包围着我们。

# 错 事

画廊办公室里的电话铃响了，
午夜铃声响彻整个空荡的大厅。
假如画廊有人，会被立即惊醒，
但这里只有一些失眠的先知们。
和被月光照得苍白的国王们，
凝神静思去看他们全都一个样。
只有爱动的高利贷者的妻子，
正专注着壁炉上面这个会响的物体。
但她并不像那些着迷者，
也没有把自己的扇子搁下。
而那些高雅的缺席者，
身着外袍或者赤裸着身体，
不由自主地被这深夜的铃声惊醒。
在这铃声中，我发誓，
即使宫廷元帅本人走出镜框，
也比不上这里的黑色幽默。
（除了寂静，他的耳朵什么也听不见）
可是在城里的另一端，

某个家伙长时间地

把听筒靠在自己的耳边，

是拨错了号码？

只要人活着，就会做错事。

# 恐龙骨架

亲爱的兄弟们：

我们在这里见到了一个比例失调的例子，

一副恐龙的骨架矗立在我们面前。

亲爱的朋友们：

左边，尾巴伸到一个永恒，

右边，颈脖伸到另一个永恒。

尊敬的同志们：

庞然无比的躯体把四条腿

插进一堆烂泥中——

仁慈的公民们：

大自然不会犯错，但爱开玩笑，

请你们注意这个滑稽可笑的小脑袋——

女士们，先生们，

这样的脑袋无法预见任何事情，

因而它的拥有者已经灭绝——

德高望重的来宾们：
脑袋太小，胃口太大，
只会傻乎乎睡大觉，
不知道聪明的担忧。

尊敬的客人们：
在这方面我们的形体更完美，
生命是美好的，大地属于我们——

尊敬的代表们：
星空在思考的芦苇之上，
道德法则在它内部——

可敬的委员会：
成功只有一次机会，
也许就在同一个太阳下——

最高委员会：
多么灵巧的双手，
多么雄辩的嘴，
肩上是多么出色的头脑——

至高无上的法官：
代替尾巴的
是多么重要的责任——

# 任何情况

事情可能会发生，
事情一定会发生，
事情发生得迟或早一些，
远一些或近一些，
但不会发生在你身上。

你得救因为你是第一个，
你得救因为你是最后一个，
因为你是独自一人，
因为那里有许多人，
因为向左，因为向右，
因为下雨，因为阴影，
因为天气好，阳光普照。

幸好那里有森林，
幸好那里没有树。
幸好有铁轨、钩子、枕木和制动闸，
一个壁坑、一条曲线、一毫米和一秒钟，

幸好水面上漂浮着一块刮脸刀片。

结果，因为，不过，尽管，
只有一只手、一条腿，那会怎么样？
只要相差一步，只要千钧一发，
就能逃过种种险恶的处境。

原来是你？刚脱离危急的时刻？
那张网上有个小孔，
你就是穿过网孔来的？
我对此不能不感到惊奇，
也无法沉默不语。
请你听着，
你的心在向我跳得多快啊。

# 惊 奇

为什么全都在一个人身上？

为什么是这人而非别人？我为何在此？

是在星期二这天？在屋里而不是在小巢中？

身披皮毛而非鳞片？长着一张脸而非一片树叶？

为什么我这个人只存在一次？

正好是在地球上？在这颗小星星下面？

在我缺席了那么多个世纪？

经历了那样多的沧海桑田和生长繁殖？

所有那些甲壳动物？所有那些星座？

恰好是现在？又是如此彻底？

独自一人在家？为什么不是

住在隔壁或者相距百里之外？

不是在昨天，也不是在一百年以前。

我坐在这里，望着黑暗的角落。

——正像我突然抬起了额头，

盯着那被称为狗的狂吠乱叫。

# 完 美

"——你是完美的，那么，我们的船已经抵达
波希米亚的沙漠？哎，我的主。"
这是莎士比亚的话，对此我深信无疑，
绝不会是别人的话。一些事实，一个日期，
一幅酷似当代的肖像……觉得这还不够吗？
等待证据，它已被大海攫取上来，
并被扔到了这个世界的波希米亚海滩？

# 从天而降

魔法消失了，尽管它过去
和现在都有莫大的法力。
八月之夜，你不知道
是流星陨落，还是其他物体。
你不知道那正是应该掉落的东西。
你不知道，该不该停止娱乐。
要算命吗？是从星星的误会中？
仿佛这个世纪不是二十世纪？
它的光芒照耀你： 我是火花，火花，
真的是彗星尾巴的火花，
只不过是缓缓消失的火花——
不是我掉落在明天的报纸上，
而是旁边的另一束火花，
它的发动机有缺陷。

# 剧院印象

对我说来悲剧的第六幕最重要：
那是死者从舞台的战场上复活，
整理好假发和长袍，
从胸膛里拔出尖刀，
从脖子上解下绞索，
与活人排成一行，
面对着观众。

单独鞠躬，集体鞠躬，
把洁白的手按在心口伤处。
女自杀者优雅地屈膝行礼，
被砍下的脑袋频频点头致意。

成双成对的鞠躬，
狂暴把臂膀伸给了温顺，
牺牲者愉快地望着刽子手的眼睛，
起义者站在暴君旁边无怨无恨。

用金鞋尖践踏着永恒，
用帽檐挥去道德准则，
积习难改，明天又重新开始。

那些在第三幕、第四幕
以及在各幕中间早已死去的人
重又列队上场。
音信全无的失踪者奇迹般地回来。

一想到他们在后台的耐心等待，
没有脱去剧装，
没有洗去化妆，
要比悲剧的激越诗句
更使我感动。

真正令人振奋的是帷幕降下，
以及它后面发生的种种景象：
这边一只手匆忙接过鲜花，

那边另一只手拾起地上的短剑，
而此时看不见的第三只手，
正在执行自己的使命：
一下扼住我的喉咙。

# 声 音

你的脚刚移动，便从地下出现了
土著居民，马库斯·埃米西斯。

你的脚跟陷入了鲁图利人的泥沼中，
你陷进萨宾人[1]和拉丁人的污泥中，直到膝盖。
你一直陷到腰部，陷到脖子，陷到鼻子里，
陷进了易魁亚人和沃尔西人的泥潭中，
啊，卢西乌斯·法比尤斯。

这些小小的民族真叫人厌烦，
叫人腻味和恶心，啊，昆特斯·德西乌斯。

一座城，又一座城，一百七十座城，
费旦耐特人的顽固，法利斯坎人的敌意，
艾舍特朗人的盲目，安特纳特人的犹豫，
拉比康人和佩利格尼人的深沉仇恨，

---

1　古意大利一部落，公元前 3 世纪被罗马人征服。

都促使我们这些温和的人变得粗野暴戾。
在我们越过每一座新的山头时，
啊，盖尤斯·克鲁埃留斯！

只要他们不挡路，但是他们却挡住了
那些奥勒西亚人和马里西人，
啊，斯帕里尤斯·曼利尤斯。

分散各处的塔尔魁尼人，埃特鲁克人，
还有沃尔西人和大量的微英特人，
不可理喻的奥勒西亚人，萨平尼亚人，
简直使人无法忍受，啊，赛克图斯·奥皮尤斯。

小小的民族，智力也同样低下，
愚昧围住了我们，圈子越来越大。
令人厌恶的习俗，蒙昧的法律，
不灵验的神明，啊，提图斯·维留斯。

漫山遍野的赫尔尼克人，稠密的马里西人，
像昆虫一样多的维斯提亚人和萨姆尼特人，
你越朝前走他们就越多。
啊，塞尔维尤斯·福里尤斯。

小小的民族真令我们惋惜痛心，
他们的轻率需要密切注意，
在每条新的河流那边。
啊，奥卢斯·朱留斯。

在任何一处地平线上，我都感受到了威胁，
我就是这样看待这个问题。
啊，豪斯蒂厄斯·梅里尤斯。

而我，豪斯蒂厄斯·梅里尤斯
对你的回答是：阿庇尤斯·帕庇尤斯，
前进，世界终归有尽头！

# 死者的
# 信

我们读着死者的信，犹如束手无策的诸神，
但毕竟是神，因为我们能预知未来的事情。

我们知道什么钱尚未归还，
寡妇们怎样急于再婚和跟谁结婚，
穷人死了，盲目痴迷者死了，
受骗、犯错和笨拙的谨慎。
我们看到他们背后有人在做鬼脸和手势，
我们的耳朵听到撕碎遗嘱的沙沙声。
他们坐在我们的前面，
可笑得就像坐在涂了黄油的小面包上，
要么就是去追赶被风刮走的帽子。
他们品性低劣，拿破仑、蒸汽和电力，
他们给可治愈的疾病以致命的误诊，
他们相信圣约翰所说的愚蠢的劫数，
他们相信让－雅库克的虚假的人间天堂。
我们默默地观看他们在棋盘上的兵卒，
这些棋子只向前移动了三步。

他们预见的一切都适得其反，

或者略有差异，也等于是完全不同。

那些最热心的人以信任的眼神望着我们，

因为他们计算好，

他们会在我们的眼里看到完美。

# 养老院

雅布旺斯卡感觉一切不错，
似乎公主殿下还在我们中间，
她系着头巾、戴着假发——
天堂里的三个儿子总会有一个来看她。

如果他们能活过这场战争，
我就不会在这里。
我将和一个儿子度过冬天，
和另一个度过夏天。
她不仅这样想，
而且确信一定会这样。

她还向我们点头表示肯定。
她问我们那些没有死去的孩子，
因为她还希望
"第三个儿子会接她去过节。"

她深信他会驾着金色马车来接她，

这马车是由几只白鸽来拉曳，
为了让我们看见
而不会忘记他的爱心。

就连担任看护的马尼亚小姐
有时也发出了微笑。
她的工作就是对我们怜悯，
她有休假和休星期天的权利。

# 广 告

我是镇静药片，
居家很见成效，
机关也很管用。
我坐着应考，
站着答辩，
我精心修补我的瓦罐。
你只需服用我，
在舌下溶化我，
把我嚼碎，
用水将我吞下。

我知道如何面对不幸，
如何接受噩耗，
如何减少不公正，
弥补上帝的缺陷，
为脸孔挑选丧帽。
你还等什么，
要相信化学的怜悯。

你现在还年青（男或女），
你应该有所作为。
是谁说过
应该勇敢地面对生活？

快把你的深渊交给我，
我会用梦去把它填平。
你定会对我感激涕零，
用四脚缓缓落地。
把你的灵魂卖给我，
别的商人不会出现。
别的魔鬼已不存在。

# 并不太多的
# 欢快 [1]


你真美——我对生活说——
再也没有比你更丰富多彩了，
比青蛙更青蛙，比夜莺更夜莺了，
再也没有比你更勤奋，更会传宗接代。

我竭力想博得生活的欢心，
融入它那甜蜜的妩媚中。
我总是第一个向它鞠躬致敬，
脸上露出仰慕顺从的表情。

我从左边挡住它的来路，
我从右边挡住它的去路，
我为它着迷得神魂颠倒，
我为它佩服得五体投地。

这是什么样的蝗虫，

---

1　原文为意大利文。

这是多么美的林中浆果——
如果我不是降生人世，
就永远也不会相信！

我没有找到——我对生活说——
我拿什么来与你比较，
我也无法再找到第二个松果，
无论是更好还是更坏。

我赞美你的富裕和创造力，
我赞美你的豪爽和严谨，
还有——更进一步——
我赞美你的魔法和巫术。

我只是不想去伤害你，
不使你生气，不使你恼怒，
多少个世纪以来，
我就竭力用微笑来奉承你。

我紧拉着生活叶子的边缘，
是停止，还是顺从？
哪怕只有一次，一瞬间，
它要去哪里——已经忘记？

# 一群人的
# 相片

在这张一群人的相片上，
我的头从边上数来是第七个，
从左边数过去是第四个，
或者从下边数是第二十个。

我不知道哪一个是我的头，
它不是一个，也不是唯一的一个，
它和那些相似的很相似，
分不清是男还是女。

它给我的标志
不具任何意义。

也许时代精灵看它
也不过是匆匆的一眼。

我的头成了统计数字的头，
最平静地最圆球状地

平躺在钢铁和电缆上。

它不会为自己成为任何东西而羞愧，
也不会因为被取代而感到绝望。

就好像我从未拥有过它，
按照它自己的独特方式。

就像是被掘开的坟墓
里面有许多无名的头骨，
保存得相当完好，
尽管它的主人早已死亡。

好像它早就在那里，
我的头，所有人的，别人的。

如果它能回忆起什么，
那一定会在遥远的未来。

# 教授
## 又散步了

教授先生已死过三回。
第一回死后，他们叫他转动脑袋，
第二回死后，他们叫他坐起来，
第三回死后，他甚至站立起来。
有个粗壮结实的保姆撑扶着他：
现在让我们出去散一会儿步。

一次事故中，脑子受到严重的损伤，
瞧，他能克服种种困难，真是奇迹，
左右，明暗，树草，痛苦，吃喝。

二加二是多少，教授？
是二，教授回答。
这次回答比上次有进步。

痛，草，坐，椅，
又到了小路的尽头，像时光一样古老，
郁郁寡欢、面色苍白，

被赶走了三次，
他们说那保姆是真的。

教授渴望和她在一起，
他又一次离开了我们。

# 回 家

他回到家里，闷声不吭，
显然他遇上了不顺心的事。
他和衣躺下，
用毯子蒙住头，
还把膝盖缩紧。

他年近四十，但不是此刻。
他活着，就像是在他母亲的胎中，
被七层皮包住，受着黑暗的保护。
明天他将作一次演说，
关于银河系中星际航行的稳定性。
然而现在，他蜷缩一团，睡着了。

# 发 明

我相信伟大的发明，
我相信完成发明的人，
我相信发明人的惊恐不安。

我相信他的苍白脸色，
他的头昏脑涨和唇边的冷汗。
我相信记事本被烧毁了，
被烧成灰烬，
而且烧得一本不剩。

我相信数据的失散，
而且毫不痛心。

我相信人的紧迫感，
相信他行动的准确性，
以及他坚毅不屈的意志。

我相信牌匾的破碎，
液体的流失，
火光的熄灭。

我确信成功必然到来，
而且不会太久，
事情会发生在没有证人的场合。

我深信谁也不会知道，
无论是妻子还是墙壁，
甚至连一直在鸣啭的小鸟。

我相信不能参与，
我相信黄粱梦的破灭，
我相信多年劳动成果的失去，
我相信被带进坟墓的秘密。

这些词句闪现在我的脑海中，
并不依据任何的范例和规则，
但我的信念坚定、盲目而毫无缘由。

# 追

我知道，安静在欢迎我，然而，
不是喧哗，不是军号声，不是掌声，然而
也不是恐怖的钟声，也不是恐怖本身。

我甚至没有指望一片枯叶，
更不消谈什么银殿和果园，
以及高尚的老人、公正的法律，
水晶般的智慧。

然而，我明白，我来到月球上
不是寻找戒指和丢失的绶带，
他们早就把这些带在了身边。

他们没有留下什么证据，
只留下垃圾、破布，碎屑、破纸、残渣、
木片、刨花、玻璃块，残余物和废料。

很自然，我只向一块墓碑弯下身去，

但我不知道他们把它挪到了何处，
他们没有给我留下记号，
他们抹掉痕迹的本领真是无法比拟。

多少世纪以来，我就知道
他们善于及时隐蔽的才华。
要抓住他们的角和尾，真是难上加难，
就连飞行时鼓起的衣角也抓不着，
他们的头发也从未掉到我的手上。

到处都有比我本人更狡诈的思想，
要赶上他们总是要差那么一步，
因此我要争先的努力便遭到讥笑。

没有他们这些人，从来没有。然而
我不得不一次次地去重复，
使自己看起来不像个孩子。

有个东西突然从我脚下跳开，
它跳得不远，又被我踩着，
虽然它再次挣脱，
但它一直在沉默。
这影子就是我自己的，
它让我觉得到达了目的。

# 失物招领处里的
# 一番话

我在从南到北的路上丢失了几位女神，
我在从东到西的路上丢失了许多男神。
两颗星星永远熄灭了，天空塌下。
我把一座岛，两座岛丢失在海洋中，
我甚至不能确定我的脚爪留在了何处，
谁穿着我的毛皮在行走，谁住在我的壳里。
当我爬上陆地时，我的亲属都已死去，
只有我身上的一根小骨头在庆贺周年。
我跳出我的皮，却浪费了我的脊椎和双腿，
我已经一次又一次地失去了我的理智。
我的第三只眼睛早已看不见这一切了，
我摇动着我的鳍，伸了伸我的四肢。

它丢失了，它不在了，它散落在四面的风中，
我对自己感到惊讶，为什么我身上会所剩无几。
一个单独的人，此刻暂时还属于人类，
昨天他在电车上只不过是丢了一把伞。

# 梦之
# 赞歌

在梦中，
我能像维·封·德福那样挥毫作画。

我能讲一口流利的希腊语，
不单是和活人交谈。

我驾驶一辆小汽车，
它乖乖地听命于我。

我有非凡的才华，
写出了伟大的诗篇。

我能听见上帝的声音，
不亚于那些严肃的圣贤。

我弹起钢琴来技艺高超，
真会让你们惊讶万分！

我自由地翱翔天际，
无拘也无束。

一旦我从屋顶上跌下，
也能轻轻地落在绿茵上。

即使我在水下呼吸，
一点也不感到困难。

我没有什么怨言，
是我发现了阿特兰蒂斯。

我高兴在濒临死亡时，
永远都能及时地醒来。

战争一旦爆发，
我会立即转向正义的一方。

我是——也可以不是——
我们时代的孩子。

还是在几年前，
我看见了两个太阳。

前天，我看见了企鹅，
看得是那样的清晰。

# 生　日

刹那间，从世界各地送来了众多物品：

有杏子、海鳗、海贝和霞光，

有火、尾巴、鹰和核桃，

我怎样才能把它们摆放整齐？

我要把它们摆放在什么地方？

还有这些灌木、鸟啄、鳊鱼和雨水，

天竺葵和螳螂，我把它们放在哪里？

蝴蝶、大猩猩、绿宝石和颤音，

太感谢了。这实在是太多了，太多了。

用什么罐子能装下这些牛蒡和溪流、

羽扇豆和惊慌、奢侈和麻烦呢？

何处捉到蜂鸟，何处可藏银子？

如何对付这头斑马和野牛？

还有二氧化物，此物很贵重。

这里还有条章鱼、一条蜈蚣！

我想起了价钱，这是一种天价。

我感谢，但我真的觉得我不值这个价钱。

太阳西沉难道对我毫无损害？

一个活着的人该如何寻欢作乐？

我在这里呆一会儿，只呆一会儿：

我忽略了远的，忘记了剩余的。

我来不及把一切和空虚分开，

我在匆忙的旅途中遗失了蝴蝶花。

虽然代价最小，但这是疯狂的付出：

是茎秆、枝叶和花瓣的烦恼。

这是空间的一次，从来都不盲目，

多么精确的轻视，多么脆弱的自负。

# 和
# 孩子交谈

师傅不久前才来到我们中间，
因此他常常躲在各个角落里。
他双手蒙住脸，透过指缝偷看，
他对着墙站立，然后突然转过身来。

师傅厌恶一切荒谬的想法：
一张视野外的桌子一定是永恒的桌子，
一张背向着人的椅子依然受着椅子的种种限制，
甚至不再想去试试它的各种机遇。

的确，要把握住世界的差别的确很难，
眨眼之间，苹果树就回到了窗前。
色彩鲜亮的麻雀永远会及时变灰，
陶罐的耳朵永远能听见各种轻微的响声，
夜间的柜子保持着日间柜子的消极性。
一个抽屉试图让师傅相信，
里面只有原先放在那里的东西。
甚至在一本突然打开的童话书中，

公主总能来得及出现在画中。

他们觉得我是个外来人——师傅叹息道——
他们不想让别人参加他们的游戏。

难道世上存在的一切事物，
只能以一种方式存在，
只能处在毫无出路的危急情况下，
没有出路，没有变化？只有听天由命？
成了一只陷入捕蝇器中的苍蝇？
成了一只捕鼠器中的老鼠？
还是一只从未松开锁链的狗？
还有火，除了再次烧伤师傅最为信赖的手指，
就再也不能提供其他的用途？
难道这就是一个真正的终极世界：
散落的财富不让人拾起，
只有无用的豪华和被禁止的机遇？

不——师傅喊道，他竭尽全力，
用他所有的四肢乱踢一通，
而且怀着如此巨大的绝望，
就连瓢虫的六条腿也嫌太少。

# 停止不动

冬康小姐，一个舞蹈演员，
那里不是有云彩、幕布和舞女，
月亮波光粼粼，起伏摇曳。

当她摆好姿势站在摄影室里，
伴着音乐动作——沉重的身体
做出一种被抛出的姿态，
做出一种虚假的证明。

肥胖的双臂高举过头顶，
短戏装下面是膝盖的纽扣，
左脚向前，光脚，脚指头上，
有五个脚指甲。
永恒艺术的一步，
落在艺术的永恒上。
我不无困难地承认，
这比虚无更美好，
比全无更正确。

屏风后面是粉色的紧身带、手提包，
手提包里有一张轮船票，
明天离开，也就是在六十年前，
再也不走了，现在不过是早晨九点。

# 音乐大师

几块泥土，他的一生将被遗忘，
音乐使他从这种状态中得到解脱。
大师读记录时的咳嗽声将会沉寂，
而湿泥的敷剂也将被撕掉。
充满尘土和虱子的假发将付之一炬，
袖口边上的点点墨迹也将消失，
那令人穷困的证人——皮鞋，
将会被扔进垃圾堆中。
天资最差的学生会拿走他的小提琴，
可怜母亲的来信会进入老鼠的肚里，
不幸的爱情消失了，一去不再复返。
眼睛里再也不会有泪水盈眶，
粉红色的丝带正好送给邻居的女儿。
感谢上帝，这个时代还没有变得浪漫，
所有不是四重奏的
都将被斥为五度音程。
而所有不是五重奏的
都将被斥为六度音程。

凡不是四十位天使合唱的一切

都将被当作狗的吠叫

和宪兵的打嗝而遭到制止。

窗台上插着芦荟的花瓶将被拿开，

还有装有苍蝇毒药的碟子和润发油瓶，

展现的是一个花园的风景——啊，是的，

一个从未在此出现过的花园。

而现在，凡夫俗子们，听吧，听！

在惊奇中，快竖起你们的耳朵倾听，

迫切渴望惊奇的侧耳倾听的凡人们，

你们会听到——正在听着的人——

将会变成能听见的声音。

# 幸福的
# 爱情

幸福的爱情。这是正常的吗？

这是严肃的吗？这是有益的吗？

它对世界有什么用，

当两个人置世界于不顾？

未有任何贡献却飘然若仙，

百万人中的最佳配对，而且坚信

这是命中注定——凭什么获奖？

什么也没有。

那道光从虚无之处撒落——

为什么照在他们身上而不去照别人？

这难道不是有违于公正？是的。

这难道不是触犯了我们精心维护的原则？

这难道不是对道德的损害？

是的，是触犯了原则，损害了道德。

你们看看那对幸福的佳偶，

如果他们至少该掩饰一下，

装出沮丧的样子，这会让朋友们舒畅一点！
听听他们的放浪大笑——令人讨厌。
他们说话的语言——表面能让人听懂，
他们的那一套礼节和客套，
精心构想的相互应负的职责——
看起来这完全是在人们背后搞的鬼！

如果人们都仿效他们的榜样，
事情会如何发展便难以预料。
宗教和诗歌还能指望什么？
什么会被记住，什么该遗忘？
谁又会愿意再受到约束？

幸福的爱情，真有这种必要吗？
机智的理性告诉我们要对它缄口不语，
就像对待上层社会生活的一件丑闻。
不靠爱情帮助也能生出完美的孩子，
它绝不会使地球的人口繁殖增长，

因为它发生得太少了。

让那些从未找到幸福爱情的人
公开宣称：幸福的爱情并不存在。

有了这样的信念，
他们就会发现生和死都更加容易。

# × × ×

## （空虚使我改变）

空虚让我改头换面，
确实翻到了另一边。
我现在是在什么地方——
从头到脚都在众星之中，
我甚至忘记我过去怎样。

啊！我在此遇上的和爱上的，
只有把手放在你的肩膀上
才能回想起来。
那边让我们经受了多大空虚，
除了一只蟋蟀叫声那里多么寂静，
那里的草场上只有酸模树的一片树叶，
昏暗中的太阳映照在一滴露水上，
就像是受到了严重干旱的损伤！

星星的方向错了！
正好与这里的相反！
形状、重量、粗糙性和运动都有所改变！

在广阔天空的无穷无尽中休息！
在白桦树的摇曳状态中获得轻松！

无论过去还是现在，风不能把云吹走，
因为风本来就不是会吹的东西。
作为证人的甲虫穿着深色外衣走进小路，
在那里长久等待着短促的生命。

机缘正好让我就在你的身边，
可是我却看不到其中
有任何普通的东西。

# 在一颗
# 小星星下

我把巧合称为必然而向它道歉，

我有可能弄错而向必然道歉。

请幸福不要因为我把它占为己有而愤怒，

请死者忘记我，因为我很少记起他们。

我为逝去的世界分成许多秒而向时间道歉，

我为把新欢当成初恋而向旧爱道歉。

请原谅我，远方的战争，原谅我带花回家，

请原谅我，敞开的伤口，我又刺破了手指头。

我为小步舞曲的唱片而向在深谷中呼救的人道歉，

我为早上五点还在睡觉而向火车站的人道歉。

原谅我，被追求的希望，原谅我的开怀大笑，

原谅我，荒漠，我连一小匙水都没有带来。

还有你，隼鹰，多年来依然如故，还在同一个鸟笼里，

永远一动不动地凝视着同一个地点，

原谅我吧，即使你已被制成了标本。

我要为桌子的四脚而向被砍伐的树木道歉，

我要为简单回答而向大问题道歉。

真理啊，请你不要太注意我，

尊严啊，请你对我宽大为怀些。

容忍吧，存在的神秘，

请原谅我拆掉你长裙上的针线，

灵魂啊，请不要指责我很少谈到你。

我要为不能到每个地方而向一切事物道歉，

我为我不能成为每个男人和女人而向所有人道歉。

我知道，只要我活着，就无法找到理由为自己辩护，

因为是我自己在为自己设置了障碍，

言语啊，请不要怪我惜用了庄重的词句，

以后我会竭尽全力使它们变得较为轻松。

WISŁAWA SZYMBORSKA

1976

大数目

# 大数目

在这个地球上生活着四十亿人，
可是我的想象力依然和过去一样，
对于巨大的数目总是很难数清，
而单位数却常常让我激动。
有如灯笼的灯光在黑暗中闪亮，
只能照见最近的几张脸孔，
其余的人只能摸着黑前进。
没有思考，也没有悔恨，
就连但丁也难免如此，
何况像我这样的普通人，
即使所有的缪斯助我也不行。

不是完全死亡[1]——过早的忧虑，
我完完全全地活着，这就够了吗？
从前不够，现在更不满足。
我一边抛弃一边选择，别无他法，
但是我抛弃的数目却越来越大，

---

1 原文为拉丁文。

越来越密，而且比以往更固执，
造成难以估量的损失——
一首小诗，一声叹息。
面对巨雷般的呼叫，我报以低吟，
我的沉默太多太多，我不会说出。
主山脉的脚下出现一只老鼠，
生命在沙子上只留下几个爪印。

我的梦——即使不是应该有的那么多人，
但梦中的孤独却胜过人群和噪声。
有时候一个亡故很久的人前来拜访，
门把手被一只手转动，
空荡的屋子充满回声的震响。
我走出门槛奔向寂静的山谷，
那里好像不属于任何人，旷古久远。

我身上的这片寂静空间从何而来——
我不知道。

# 赞美诗

啊，人类国家的边界有多少漏洞！
多少云彩飞过它们上空没有受到惩罚，
多少沙漠的沙子从一个国家移动到另一国家，
多少高山的卵石滚到别人的土地上，
蹦蹦跳跳，令人着恼！

我是否还应在这里列数小鸟的飞翔，
它这会儿正停在空无一物的栅栏上，
但它是只麻雀——尾巴已伸到了国外，
它的鸟喙却留在国内，而且还不停地跳动！

在无数的昆虫中，我只提一提蚂蚁，
它处于边防哨兵的左靴和右靴之间，
对于它从何处来、到何处去的问题
——它拒不回答。

啊，在所有的大陆上，
都能详尽地看到它们的混乱无序！

难道那不是河对岸的那棵水蜡树，
把它的千百片树叶伸到了河对岸？
那又是谁，难道不是章鱼厚颜无耻地伸出长臂，
侵犯了别国领海的神圣边界？

假如连星星都不能，
让人精确地知道照耀的是谁，
又怎能整体地谈论各种秩序？

还有那该受谴责的雾气，到处飘移。
飞扬的尘土，撒满了广阔的草原，
似乎这种现象还没有被中断。

还有回荡在乐意效劳的气流中的声音，
有尖声的呼唤，也有轻俏的咯咯笑声！

只有人类的一切才会有真正的格格不入，
其余的全都是混杂的森林、鼹鼠和风。

# 感 激

对于那些我不爱的人，
我感到深深的负疚。
我感到宽心的是
他们和别人更亲近。

我高兴，我不是
他们羊群里的狼。

我和他们和睦相处，
我和他们自由自在。
我既不会给他们以爱，
也不会剥夺他们的爱。
我不会守着门窗
等待他们的来临。
我的耐心
几乎像日晷一样。
我理解
爱所不能的理解，

我原谅
爱永远无法原谅的事物。

从初次见面到情书来往，
那只是几天或几个星期，
绝不会是永恒。

同他们旅行总是一帆风顺，
听过音乐会，
教堂也参观了，
风景总是那样美丽。

在我们之间
相隔着七重山、七条河。
这些山，这些河，
都清楚地标明在地图上。

这是他们的功绩，

让我生活在三维的世界里，
在没有抒情、没有矫饰的空间中，
但有一个真实的移动的地平线。

他们自己也不知道，
他们空手提了多少东西。

"我什么也不欠他们的——"
对于这个公开的话题，
爱会这样来回答。

# 俯 瞰

一只死甲壳虫躺在一条土路上，
三双小腿精巧地紧贴着肚囊。
代替死亡的混乱——是整洁和秩序，
死亡可怕的景象得到了缓解。
范围也只限于当地，从毛线稷到绿薄荷[1]，
悲伤并没有扩散。
天空一片湛蓝。

为了使我们安心，他们的死无足轻重，
动物并不是死亡，而是断气。
我们以为失去的只是很少的知觉，
我们觉得离开的是不那么悲剧性的舞台。
他们卑微的灵魂并不会在夜里来恐吓我们，
他们保持了一定的距离，
他们知道自己的身份。

---

1 毛线稷和绿薄荷都是植物的名称。

于是这只躺在路上的死甲壳虫，

在阳光下闪闪发光，无人哀悼。

看它一眼，你就会这样想：

看来它身上没有发生什么重要的事情。

所谓重要，那是对我们人类而言，

与我们的生命、我们的死亡相关，

而死亡也享有不可或缺的优先地位。

# 一只老乌龟的
# 梦

一只乌龟梦见一片生菜的叶子，
叶子旁边突然出现拿破仑皇帝，
他生龙活虎，依然和一百多年前一样，
乌龟甚至不知道这会引起多大的轰动。

的确，皇帝现身的不是全身，
阳光把他的黑皮靴照得亮闪闪，
上面是两条秀美的小腿，套上白袜。
乌龟甚至不知道这是多么震撼的事。

两只脚经历了从奥斯特利茨到耶拿，
上面是云雾，能听见那里发出的笑声。
你们或许会怀疑这场面的真实可信，
难道皇帝穿的是一双带绳扣的便鞋？

只看见他的左脚掌或右脚掌
很难从部分窥见一个人的全貌，
乌龟对它的童年已记不清楚了，

它到底梦见的是谁？它不知道。

不管它梦见的是不是皇帝，
都不能改变乌龟梦的奇妙。
这个陌生人让它摆脱了一时的损失，
逃离了现实世界！从脚跟到膝盖。

# 试 验

作为主要影片的加映，
演员们竭尽全力的工作精神
使我感动，甚至让我发笑。
他们表演了一个有趣的试验，
涉及头部。

那个头
片刻之前还属于——
现在却被砍下了，
人人都看得出它没有身躯。
从颈部伸出了一根玻璃导管，
好让血能继续流出来。
那个头，
情况良好。

它没有痛苦，也不表示惊讶，
它的眼睛随着电筒的光转动。
听到一声铃响便竖起了耳朵，

它那湿润的鼻子能分辨出
无味和腌猪油气味的不同，
并且津津有味地舔着它的嘴唇，
为表示对生理学的敬意而流下了口涎。

这是一只狗的忠心耿耿的脑袋，
这是一只狗的令人尊敬的脑袋。
被抚摸时它半闭着眼睛，
坚信自己仍是整体的一部分。
当它被人拍摸时，还会弓起它的脊背，
摇摆它的尾巴。

我想到幸福，也感到害怕，
如果生命的意义就是这样，
那么这个头
就是幸福的。

# 微 笑

世界宁愿抱着更大希望
去观看而不是去倾听，
因此政治家们必须要微笑，
这微笑意味着他们有精神，
虽然情况复杂，利益冲突，
结果尚不明朗，但总很乐观，
需要露出雪白和亲切的牙齿。

在会议厅里，在飞机场上，
必须要表现出他们的善意，
精力充沛，神情愉悦，
迎来送往，都很得体。
须有一副笑容可掬的面孔，
供摄影师所用，为观众所欢迎。

口腔学能为外交工作服务，
保证你取得美好的效果，
即使处于危急的情势中，

也不可或缺笑容和善意。
我们的时代还不安定平静，
能让脸上显露出平常的悲哀。

幻想家们声称： 兄弟手足之情
能把这个地方变成欢笑的乐园。
但我不信。倘若如此，政治家们
就用不着这样满脸堆笑了。
只是有时在春天或者夏天，
精神不紧张，工作不匆忙，
人的悲哀才会顺其自然流露，
我们期待着，并为之高兴。

# 恐怖分子，
# 他在窥视

炸弹将于下午一点二十分在酒吧爆炸。
现在还只是下午一点十六分，
有些人还来得及进去，
有些人还来得及出来。
恐怖分子已经到达街的另一边，
这个距离对他说来已毫无危险，
就像在电影里观赏的景象一样。

一个穿黄色外衣的女人，她进去了，
一个戴墨镜的男人，他出来了，
穿牛仔裤的少年们，他们在交谈。

一点十七分四秒，
一个矮子真幸运，坐上摩托车走了，
那个高个子真晦气，大步跨进酒吧。

十三点十七分四十秒，
一个姑娘走来了，头发上扎有绿丝带，

公共汽车把她挡住了，真糟糕！

十三点十八分，
那姑娘已经不见了。
难道她傻得没有离开反而进去了？
等到人们把她抬出来就知道了。

十三点十九分，
再也没有人想进去，
倒有一个秃头胖子走了出来，
他似乎在口袋里翻找什么东西。

十三点二十分只差十秒，
他又走进酒吧去找他那双讨厌的手套。

现在正是十三点二十分，
时间过得多慢啊。
该到时候了，

还没有。

是的，就是现在，

炸弹爆炸了。

# 隐士茅庐

你以为隐士就得住在荒凉的地方，
但他却住在一所带花园的房子里，
有一片可爱的小白桦树林，
离公路只有十分钟的路程，
在一条有明显路标的小路上。

你不必用望远镜从远处去观察他，
你完全可以在近处看到他、听到他，
他正在向维利奇卡来的游客耐心解释，
他为何会选择这艰苦的独居生活。

他身穿一件暗褐色法衣，
一副灰白的长须，
玫瑰红的脸颊，
蓝蓝的眼睛。
他很乐意在一丛玫瑰花前
摆好姿势照张彩色的相片。

照相的是来自芝加哥的斯坦尼·科瓦利克，
他答应相片一洗好就马上给他寄来。

此时正好有个来自比得哥什的寡言的老妇人，
除了税吏之外再没有别人去访问过她。
她在游客簿上写道：
赞美上帝
让我今生有幸
第一次见到了一个真正的隐士。

有些年轻人用小刀在树上刻着：
"圣灵七五"在山下会合。

巴里怎么了，巴里到哪儿去了？
巴里正躺在长椅下，假装自己是只狼。

# 罗得[1]的
# 妻子

我好像是出于好奇才回头望了一下，
不过，除了好奇我还有别的原因，
我回望是心痛我的银盘。
由于分心，我在系鞋带时
眼睛没有盯住我的丈夫
罗得那长得端正的后颈。
我突然断定，如果我死去，
他也不会停了下来。
顺从者的不听摆布，
追求专心一致的视听，
由于寂静，希望上帝改变他的主意，
我们的两个女儿正消失在山顶后面。
我感到自己老了，精疲力竭，
睡眼惺忪，徒劳地行走。
我回头观看，把包袱放在地上。
我回头观看，担心前面的路难行。

---

1 罗得是《旧约·创世纪》里的人物，故事见《旧约·创世纪》第十九章。

在我走的小路上出现了几条蛇，

还有蜘蛛、田鼠和小兀鹰。

已分不出是好是坏，凡是活着的一切

都在极其惊惶地逃走、爬行。

我独自回头一看，

我为自己的暗中逃走而感到羞愧，

我真想大声叫喊，真想返回家园。

或者等到大风刮起之时

把我的头发吹散，把裙子撩起。

我觉得他们在所多玛城墙上望着我，

于是一次次地爆发出响亮的笑声。

我愤怒地抬起头，

正希望他们遭到巨大的损失。

我出于上述种种原因才回头一瞥，

我回头完全是不由自主。

只有岩石在我脚下转动，对我咆哮，

裂缝却突然切断了我的前进之路。

有只仓鼠在缝边上竖起双脚，跳来跳去，

就在同一时候我们双双转过头来。

不，不，我继续朝前奔跑，

我爬行，我飞奔，

直到黑暗还没有从天空散去，

还有热气未散的岩石、呆板的小鸟。

我呼吸急促，多次在原地打转，

要是有人看见会认为我在跳舞。

不能排除，因为我睁着一双大眼睛，

很有可能，我倒下时会面朝城市。

# 夸我姐姐

我的姐姐不写诗，
她也不会突然写诗，
她像妈妈一样不会写诗，
她像爸爸那样从不写诗。
在我姐的屋顶下，
我感到非常安全。
她的丈夫活在世上，
没有什么能激发她写诗。
尽管她说起话来，
像是亚当·马其顿斯基的诗
那样优美动听。
在我的亲人中没有一个在写诗。

在我姐姐的抽屉中，
找不出一首旧诗，
她的提包里也没有新写的诗。
当她邀我共进午餐时，
我就知道，

她无意读诗给我听。
她做的汤味道鲜美，
无须试做，
她的咖啡也从不溅落在稿纸上。

许多家庭里都没有人写诗，
如果有，就不止一个人，
有时诗歌会像瀑布一样，
一代流向一代，
会在共同的人类感情中
激起可怕的漩涡。

我姐姐说得一口流利的散文，
她的写作仅限于
度假时寄来的明信片。
几乎每年都是一样的许诺：
等她回来后，
一定会告诉我们

全部

全部

全部的事情。

# 洋 葱

洋葱是不一样的东西，
它没有内脏，
它的外形就是洋葱，
全身都充满洋葱的特性，
它拥有洋葱的内质，
它具有洋葱的汁水，
它能让你看透全身，
洋葱毫不惧怕。

它把我们看成是外国和野蛮，
它的外表裹上了一层皮，
它能给我们治病，
以暴力进行解剖，
洋葱的内部唯有洋葱，
没有弯弯曲曲的肠子，
从外表到内里，
均是多层的裸体。

洋葱，不容置疑地存在着，
一个成功的创造物，
一个洋葱里还有第二个，
大洋葱里包含着小洋葱，
还会有第三个第四个，
依此类推。
一曲向心的赋格，
和回声组成的合唱。

洋葱，我知道，
世上最丰满的肚子。
它以自己的声望
给自己戴上了荣誉光环。
我们只有脂肪、神经和血管，
只有闸门和神秘的部分，
这个天生完美的白痴
却拒绝和我们相处。

# 自杀者的
# 房间

你们一定会认为这房间空无一物，
可是房里却有三把靠背坚固的椅子，
还有一盏足以驱散黑暗的油灯，
一张书桌，桌上有个钱包，几张报纸，
一尊恬静的菩萨，一尊悲伤的耶稣像。
七头会带来好运的大象，抽屉里还有个笔记本，
你们会认为，上面不会有我们的地址？

你们会以为，这里没有书，没有画，没有唱片？
可是却有两只黑手拿着令人欣慰的圆号。
萨士基亚[1]和一朵表示忠心的爱情之花，
欢乐，那神灵的美妙的火花。
奥德修斯[2]正在书架上做着甜美的梦，
当他完成了第五歌里的冒险之后。
道德家们，

---

1  伦勃朗画中他的妻子的名字。
2  荷马史诗《奥德赛》中的主人公。

他们的姓名统统印成了金字，
在精美的上过硝的皮制书脊上。
旁边是站得笔挺的政治家们。

并不是没有出口，哪怕是从大门出去，
并不是没有风景，哪怕是看看窗外。
这个房间看上去就是这个模样。
专供远望的眼镜就放在窗台上，
一只苍蝇在嗡嗡叫，就是说它还活着。

你们以为那封信至少会说清一些事情，
可是，如果我告诉你们并没有那封信，
我们这么多他的朋友，全都能塞进
竖靠在玻璃杯旁的那个空信封中。

# 评一首
# 尚未写出的诗

在这首诗的最初几个字里，
女作者说，地球很小，
而天空却大得难以形容。
我引用她关于星星的话：
"它们太多了，比我们需要的多得多。"

在描写天空时她感到某种束手无策，
面对辽阔的天空她感到恐惧而迷失方向，
她为许多行星的死寂而震惊。
不久，在她的头脑里（我们加上，不精确）
开始产生了一个问题，
是不是我们无论如何都会是孤独的人，
在太阳下面，在宇宙中的所有太阳下面？
与似是而非的计算相反，
也与今天的普遍信念相反，
面对无可驳斥的证据，它现在随时
都可能落入人类的手中！啊，诗歌！

这时候我们的女诗人回到了地球，

这个"没有见证人也自转"的星球，

这唯一"能提供科幻小说的宇宙"。

帕斯卡（1623—1662，我们的注释）的绝望

对于女作者说来真是无与伦比，

任何的安德罗米达[1]或卡西阿皮尔都不能相比。

排他性既有所夸大，又有所限制，

因而便出现了如何生活等问题。

由于空虚无法为我们解决这类问题，

"噢，主啊！"于是有人呼叫，

"请大发慈悲，快来引导我吧！"……


女作者深感忧虑，想起生命那么轻易浪费，

仿佛它还有无穷无尽的储备。

想到战争——她有着独到的见解——

永远都是以双方失败而告终。

---

1　希腊神话中的公主。

想到人对人的那种"统治欲"，

作品中便朦胧地展现出一种道德倾向，

如果这支笔少些天真，也许会更加明亮。


但是，哀哉，这个基本上靠不住的论点，

（即"我们无论如何都会是孤独的人，

在太阳下面，在宇宙中的所有太阳下面"）

它还用冷漠的方式去展开她的论点，

（把高雅修辞和土话俗语混杂在一起）

其结果便是，谁还会去相信这诗呢？

谁也不相信，确实如此。

# 苹果树

五月的天堂，美丽的苹果树下，
鲜花怒放，仿佛是满脸笑容。

在无法分辨善与恶的情势下，
在只看到树枝不停的摇晃下。
不知是谁的，但有人说它是我的，
在感到它要结果实的沉重负担下。

它是那一年，那个国家，
那个星球，未来的发展，
它都毫无任何兴趣。

它和我没有亲属关系，
它和我特别的陌生，
既不会带给我快乐，
也不会令我害怕。

对周围的一切漠不关心，

从容不迫地抖动着树叶。

不可理解，就像我在做梦，
我梦见一切，就是没有它，
我懂得太多而骄傲自大。

大家都情愿在苹果树下
多待一会儿，不想回家，
只有囚徒们才愿意回家。

# 中世纪
# 插图

越过一座苍翠欲滴的山丘，
骑着高头骏马的扈从前呼后拥，
穿着绫罗绸缎的大氅和披风。

他们奔向一座有七个尖塔的城堡，
每一座尖塔都高耸入云。

走在前面的是位公爵，
腹部扁平，十分讨人喜欢。
旁边是他的公爵夫人，
年轻得出奇，还是小娇女。

后面跟着几个宫女，
漂亮得就像画中人。
还有年轻英俊的侍从，
在侍从的肩上，
坐着一个猴子模样的东西，
长着滑稽可笑的脸孔

和细小的尾巴。

再后面是三个高大健壮的骑士，
每个都魁梧得能抵上两三个人。
如果其中一个摆出一副洋洋得意的面孔，
另一个也会装腔作势、趾高气扬。
如果有人骑的是一匹栗色骏马，
那么绅士们也会步他的后尘，一色栗色马。
所有的马蹄都会轻轻掠过
生长在路两旁的雏菊。
谁这样垂头丧气和精疲力竭，
手肘裸露，眼睛斜视，
就不会出现在这画上。

这并非无关紧要的问题：
在最为湛蓝的晴空下，
是做自由民还是当农奴。

甚至不会有最小最小的断头台，
哪怕用最锐利的眼睛去观察，
也没有足以引起怀疑的东西。

他们心情愉快地骑着马前进，
在这幅最封建的现实主义画中。

不过他们还要保持画面的平衡，
在下一幅画里已为他们准备了地狱，
啊，那自然是不用说的，
本身就不言自明。

# 一个女人的
# 画像

她必须做出选择，

去改变再也无法改变的事情，

这尝试很容易，不可能很困难，很值得。

她的眼睛，根据需要，时而深蓝时而灰白，

或暗黑或高兴，或无缘无故便泪水盈眶。

她和他睡觉，像一个邂逅的相识，

像她唯一的男人。

她愿为他生四个孩子，

但只生了一个。

她天真却能想出最好的主意，

她软弱却能承受起最重的负担，

她肩上没有脑袋但一定会长出。

她读雅斯贝斯[1]的著作和妇女杂志，

她不知道螺丝钻的用法但要建一座桥，

她年轻，像平常一样年轻，永远年轻，

她手里捧着一只折断了翅膀的麻雀，

---

1 雅斯贝斯 (1883—1969)，德国哲学家。

她攒私房钱是为了漫长而遥远的旅行。

一把切肉刀，一包膏药，一杯纯白酒。

她要跑到哪里去，难道她不疲倦？

一点也不累，只有一点累，很累，不要紧。

她要么爱他，要么拒绝他，

无论是好还是坏，为了得到上帝的怜悯。

# 警 告

不要把嘲讽者带入太空，
这是我的忠告。

十四个死寂的行星，
几颗彗星，两颗星星，
当你飞向第三颗的途中，
嘲讽者早已失去了幽默感。

宇宙空间也是这样，
那就是说，完美无缺，
嘲讽者绝不会宽恕它。

什么也不能使他们高兴，
时间——因为太永恒了，
美——因为毫无瑕疵，
严肃——因为不能用来开玩笑。
别的人都在赞不绝口，
他们却在打呵欠。

在去第四颗星的路上，

事情变得更糟。

酸溜溜的笑容，

睡眠和平静的心情受到了干扰。

愚蠢的对话：

关于叼着一块干酪的乌鸦，

关于国王陛下肖像画上的几只苍蝇，

或者是一只正在沐浴的猴子，

——的确，这才是生活。


局限者们

宁愿要星期四，而不要无限。

粗俗者们

宁愿要弹错的音符，也不要天国的音乐。

处在实践与理论、前因和后果

的缝隙中间，他们的感觉最好。

但这不是地球，

一切都是严丝合缝，没有缝隙。

在第三十个星球上
（它的荒凉程度无可指责），
他们甚至拒绝离开他们的座舱，
借口他们头痛或手指受伤。

这样麻烦，这样丢人现眼，
那么多的钱白白扔进了宇宙空间。

# 赞赏
# 自我贬抑

秃鹰从不接受任何惩罚，
黑豹也从不责备自己，
食人鱼不会怀疑自己的行为，
响尾蛇毫无保留地支持自己。

世界上根本没有自我批评的狐狸。
蝗虫、短吻鳄、旋毛虫和虱子
都照样活着，而且怡然自得。

鲸鱼的心脏重达一百公斤，
但和其他部位相比却微不足道。

在太阳系的第三颗行星上，
清白的良心比什么都更具兽性。

# 在冥河上

这是冥河，孤独的灵魂，
这就是冥河，感到惊异的灵魂。
你会听见扩音器里卡戎的洪亮声音，
一只看不见的手把你推向岸边
那是一群从受惊的山林逃出的仙女，
（她们已在这里工作了一段时间）
明亮的探照灯把岸边由钢铁和
水泥制成的码头照得一清二楚。
还有几百艘的摩托艇，
代替了几百年来已经腐朽的木船，
结果是这里的人口增长了好几倍。
我的敏感的灵魂，
水上层层叠叠的建筑物
对这里的景观造成很大妨害。
如果没有仓库、办公室和船坞，
要输送这些灵魂简直不可想象，
（年复一年，已输送好几百万旅客）
赫耳墨斯，一个画出来的灵魂，

他应该早几年就预见到
何时何地会发生战争，
会出现什么样的专制政权，
然后再去准备大量的船只，
免费把灵魂送到对岸。
仅仅是表示对古物的尊敬，
才在钱匣子上写上字条：
"请不要往里投钱币。"
你将登上第四组的
第三十条气垫船，
挤在其他灵魂中间你会感到窒息，
但这是电脑排定的必须如此，
地狱里也是挤得水泄不通，
因为它已无法扩大，
行动受限制，衣服会弄脏，
只能喝忘河中的半滴水。
灵魂啊，别去相信来世
会有更加广阔美好的前景。

# 急促的
# 生活

急促的生活，
没有排练的演出。
没有测量好的身体，
没有思想的头脑。

我不知道自己演的是什么角色，
只知道这是我的角色，不可改变。

这部剧的内容，
我只有在演出时才能猜到。

缺少对体面的生活的准备，
我很难跟上剧情所要求的速度，
我只好临时凑合，尽管我讨厌即兴演出，
我每走一步，都因不知剧情而磕磕碰碰。
我的生活方式有一股乡下人的味道，
我的天性像个十足的外行。
怯场虽是个借口，但更令我耻辱，

情有可原的境况对我打击更大。

台词和动作是无法收回的，
星星是数也数不清的。
人物性格像外衣，边跑边扣纽扣，
这就是匆忙造成的可悲后果。

要是能在星期三先排练一次，
或者在星期四再来重排一次！
但现在是星期五，又来了个我不知道的剧本。
这公平吗？——我问道。
（我的嗓子是嘶哑的，
他们甚至不许我在后台清清嗓子）
如果认为这是一次大众问答竞赛，
在临时场地上的问答竞赛，其实不是。
我站在舞台布景中间，我看出它是多么牢固，
我惊讶所有的道具都安装得那么准确，
旋转舞台早已开始使用。

即使最远处的闪动灯也已打开了开关。

啊，我毫不怀疑，今晚是首次演出，

无论我演什么，

我的每个动作，都将永远不能更改。

# 老歌手

他今天在唱： 特拉拉，特拉……拉，
我也这样唱： 特拉拉，特拉……拉。
你能听出什么不同来吗？
他不该站在那里，他却站在那里，
瞧着那儿，又不是那儿，
虽说是从那儿，又不是从那儿。
他习惯跑进来，
而不像现在，帕姆帕，拉姆帕，帕姆，
但又完全是帕姆帕，拉姆帕，帕姆，
那首难忘的杜贝克邦波涅斯。
可是现在有谁
还能记得他——

# 乌托邦

一座一切都已标明清楚的岛。

那儿可以站在证据的基地上。

除了到达的路再没有别路可走。

灌木被各种回答压弯了枝头。

那里生长着一株"思维精准"之树，
它的枝条永远不会纠缠在一起。

那笔直挺拔、令人目眩的"理解之树"
耸立在被人称为"原来如此"的泉旁。

你在树林中走得越远，
那"真实之谷"就展开得越大。

如果出现怀疑，就会被风吹散。

回声未经允许就要发声，
自愿阐明世界的许多秘密。

右边有个理性住着的洞穴。

左边有座"深刻信念"的湖，
真理挣脱湖底轻轻浮出水面。

控制山谷的是"不可动摇的信心"，
位于山巅的是"事物的本质"。

如此迷人的岛屿却无人居住，
岸边的小小脚印清晰可辨，
但都毫无例外地朝向大海。

似乎这里只有离去的人们，

他们义无反顾地走向深处。

走向不可理解的生活。

# 圆周率 [1]

π 值得我们热情称赞，

"三点、一、四、一"，

所有后面的数字也都是不循环的，

"五、九、二"因为永无结尾，

无法一眼看出就能把"六、五、三、五"掌握，

"八、九"在一次运算中，


"七、九"在想象中，

甚至"三、二、三、八"是一种玩笑，也就是对比，

"四、六"和任何事物进行对比，

"二、六、四、三"在世界上。

地球上最长的蛇长到十多米后便会自行断裂，

神话传说中的蛇也长得差不多一样长。

圆周率所组成的数字系列，

并不会到了纸张的边缘便结束，

---

1　原来的题目是 π，后来的版本改为 Pi 数。

它能一直延伸过桌子，穿过空气，

穿过墙壁、树叶、鸟巢、云彩，直冲苍穹，

穿过无边无际、无穷无尽的天庭。

彗星的尾巴短得就像老鼠的一样！

星光多么微弱，只能照亮一点空间！

这里有"二、三、十五、三百、十九"，

我的电话号码和你的衬衫号码，

1973 年第 7 层楼，

居民的数目，65 个格罗什 [1]，

臀部尺寸，两个手指，字谜和代码，

代码中是"我的夜莺在歌唱，在飞翔，

它还请求要保持安静"。

同时还有"天空和大地都将消失"，

但圆周率却不会消失，不，肯定不会。

它依然继续着，以它那不错的五

---

1　格罗什是波兰钱币名，等于百分之一兹罗提。

和一般的八，

不是最后的七，

催促着，推动着，达到长存的永恒，

并持续下去，无穷无尽。

# WISŁAWA SZYMBORSKA

（1923年7月2日—2012年2月1日）

# 维斯瓦娃·希姆博尔斯卡

## 波兰作家，诗人，翻译家

当代最迷人的诗人之一，享有"诗界莫扎特"的美誉。于 1996 年获得诺贝尔文学奖，是文学史上第三位获得该奖的女诗人。

她常以简单的语言传递深刻的思想，以精微的隐喻开启广阔的想象空间。

她的作品意象丰富、素材鲜活，于幽默中暗藏讥讽，以精确的讽喻揭示了历史及人类与自然、宇宙的关系。

## 图书在版编目（CIP）数据

我真实的灵魂犹如李子有核 /（波）希姆博尔斯卡著；
林洪亮译. － 上海：东方出版中心, 2020.11
ISBN 978-7-5473-1726-6

Ⅰ. ①我… Ⅱ. ①希… ②林… Ⅲ. ①诗集－波兰－
现代 Ⅳ. ①I513.25

中国版本图书馆CIP数据核字（2020）第215271号

All works by Wisława Szymborska © The Wisława Szymborska Foundation,
www.szymborska.org.pl

著作权合同登记图字： 0920181123号

### 我真实的灵魂犹如李子有核

著　　者　〔波〕维斯瓦娃·希姆博尔斯卡
译　　者　林洪亮
统筹策划　郑纳新　张馨予
责任编辑　张馨予
装帧设计　付诗意

出版发行　东方出版中心
地　　址　上海市仙霞路345号
邮政编码　200336
电　　话　021-62417400
印 刷 者　上海盛通时代印刷有限公司

开　　本　787mm×1092mm　1/32
印　　张　6.5
字　　数　240千字
版　　次　2021年1月第1版
印　　次　2021年1月第1次印刷
定　　价　46.00元